# ÇA NE S'INVENTE PAS !

72, rue Marguerite de Rochechouart - 75009 Paris



Première publication au Royaume-Uni en 2021
par Happy Yak,
une marque du groupe Quarto,
The Old Brewery, 6 Blundell Street,
Londres N7 9BH, Royaume-Uni

Titre original : *100 Things To Know About Inventions*

Auteur : Clive Gifford
Illustratrice : Yiffy Gu
Adaptation : Belle Page
Traduction de l'anglais : Valérie Feugeas

ISBN : 978-2-38322-001-5
Dépôt légal : 2nd semestre 2022
Imprimé en Chine



*Conforme à la Loi n° 49-956 du 16 juillet 1949 sur les publications destinées à la jeunesse, modifiée par la Loi n° 2011-525 du 17 mai 2011.*

FSC www.fsc.org MIXTE Papier issu de sources responsables FSC® C016973

# ÇA NE S'INVENTE PAS !

Textes de CLIVE GIFFORD
Illustrations de YIFFY GU

Kimane

# SOMMAIRE

Edison

# INTRODUCTION

Chaque jour, quand tu allumes une lampe, un ordinateur ou une radio, que tu fais du vélo, écris une note ou que tu ouvres le réfrigérateur, tu utilises des objets et des matériaux qui n'existaient pas aux siècles précédents. Ces inventions ne se sont pas faites toutes seules ; elles sont le fruit du travail d'inventeurs ingénieux, persévérants et, avouons-le, parfois chanceux ! Certaines d'entre elles naissent d'une inspiration soudaine, tandis que d'autres exigent de nombreuses années de travail acharné. Toutes n'ont pas été couronnées de succès, mais lorsqu'elles le furent, elles ont transformé la vie de nombreuses personnes.

À travers 100 exemples d'inventions, grandes ou petites, ce livre rend hommage à l'innovation. Certaines ont révolutionné le monde, d'autres ont simplifié le quotidien. Toutes ont des histoires fascinantes qui te feront réfléchir et, peut-être, t'inspireront.

Alors, n'attends plus : tourne la page et découvre le monde merveilleux des inventions !

# LA ROUE

Certaines inventions proviennent d'objets existants dont l'emploi a été détourné. En Mésopotamie (l'Irak actuel), il y a de cela entre 5 500 et 6 000 ans, les potiers faisaient tourner des plaques circulaires, en bois ou en pierre, parallèlement au sol. Vers 3 500 avant J.-C., des gens eurent l'idée géniale de placer des roues verticalement et d'insérer une tige au milieu en guise d'essieu. Une roue subit beaucoup moins de friction qu'un objet traîné sur le sol. Montées sur des charrettes tirées par des bœufs ou des mules, les roues permettaient ainsi de transporter facilement des personnes, des récoltes ou des marchandises.

# LES PATINS

En 1760, le Belge Joseph Merlin profite d'une soirée à Londres pour présenter sa nouvelle invention : tout en jouant du violon, il glisse sur des plaques à roulettes fixées à ses bottes, mais finit par briser un miroir coûteux (et son violon par la même occasion) ! En dépit de cette mésaventure, le patinage à roulettes connaît un franc succès, surtout après la trouvaille d'un marchand de meubles new-yorkais, Joseph Plimpton, en 1863. Les patins de Plimpton comportaient quatre roues montées sur une plaque, orientables vers la gauche ou vers la droite : le patineur pouvait, en déplaçant le poids de son corps, prendre les virages.

# LA MACHINE À VAPEUR

En 1698, l'Anglais Thomas Savery invente un moteur qui transforme en énergie la vapeur produite en faisant bouillir de l'eau. Le moteur de Savery et de ses successeurs servira surtout à pomper l'eau des mines. En 1764, l'Écossais James Watt effectue d'importantes améliorations qui augmentent la puissance et l'intérêt des moteurs à vapeur. En 1781, il réussit à convertir le mouvement rectiligne d'une machine à vapeur en un mouvement rotatif, idéal pour actionner les meules de moulins et d'autres machines. Ses innovations permettront aux moteurs à vapeur d'être utilisés dans l'industrie et les transports.

# LE MÉTIER À TISSER

Un métier à tisser est une machine qui permet de fabriquer du tissu en entrelaçant des fils. Dans les années 1760, ces machines deviennent de plus en plus performantes. Edmund Cartwright accélère encore le processus en 1784, en construisant le premier métier à tisser électrique. Les versions suivantes tisseront le tissu trois fois plus vite qu'une personne utilisant un métier à main ! Les tout premiers métiers étaient actionnés par des roues à eau : quand celles-ci furent remplacées par des moteurs à vapeur, les usines purent s'implanter n'importe où, et pas seulement près des rivières. En 1850, rien qu'en Angleterre, 250 000 métiers à tisser étaient en activité.

# LA GRUE

Une corde tirée par une roue forme un dispositif appelé poulie. Une série de poulies peut facilement soulever de lourdes charges ! Les Grecs ont mis à profit cette puissance incroyable pour inventer les premières grues, au VIe siècle avant J.-C. Des poulies et des cordes fixées à une haute structure en bois permettaient de soulever des poids plus lourds qu'auparavant, comme de gros blocs de pierre ou des statues de marbre. Les Romains ont ensuite conçu des grues actionnées par des personnes qui marchaient à l'intérieur des roues. Ces grues à propulsion humaine pouvaient soulever des charges d'au moins 4 tonnes.

# LEGO®

En 1934, le menuisier danois Ole Kirk Christiansen crée *Leg Godt*, qui signifie « joue bien ». La société produit et vend des jouets en bois, puis en plastique. En 1949, Christiansen conçoit une brique de construction en plastique qui prendra le nom de LEGO® en 1958. Ces blocs creux, qui s'emboîtent les uns dans les autres grâce à des plots ronds, permettent des combinaisons infinies : ainsi, six briques à huit plots peuvent être assemblées de plus de 915 millions de façons différentes ! Plus de 70 milliards de briques et d'accessoires sont vendus chaque année. Moulées en plastique résistant depuis 1964, les briques actuelles fonctionnent encore avec celles produites en 1958 !

# LA CHARRUE

Il y a entre 6 000 et 6 500 ans, les Égyptiens ont commencé à labourer leurs champs à l'aide d'un araire, sorte de gros bâton pointu attaché à un cadre et tiré par des vaches ou des bœufs. Le bâton creusait le sol en brisant les mottes pour faire remonter les nutriments à la surface et laisser l'eau s'infiltrer. Le labourage créait de longs sillons peu profonds où l'on plantait les graines. Cet outil révolutionnaire a permis d'augmenter les surfaces cultivées. Des systèmes métalliques plus complexes ont été développés depuis, mais l'araire est encore utilisé dans certaines cultures aujourd'hui.

# LA TONDEUSE À GAZON

Autrefois, on coupait l'herbe péniblement à l'aide d'une faux ou en mettant des animaux en pâture, jusqu'à ce qu'un ingénieur anglais repère un cylindre qui coupait le tissu dans une usine textile vers 1830. Edwin Beard Budding place alors un cylindre muni de lames à l'avant d'un cadre, relié à un rouleau sur l'arrière. Lorsqu'on pousse le dispositif, le rouleau fait tourner le cylindre et les lames taillent l'herbe. Les tondeuses seront équipées de moteurs au début du XX$^{e}$ siècle. En 1995, une entreprise suédoise présente le premier robot-tondeuse à énergie solaire, qui coupe l'herbe tout seul sans que personne n'ait besoin de le pousser !

# LE PHOTOCOPIEUR

Inventer exige de la conviction, de la détermination et de la persévérance. Après plusieurs années de travail, Chester Carlson invente l'électrophotographie en 1938. Ce procédé utilise l'électricité statique pour copier une image sur un tambour métallique rotatif (toner) qui attire l'encre en poudre. L'image est transférée sur du papier ordinaire, où l'encre est chauffée pour être fixée. Vingt sociétés refuseront le procédé de Carlson avant qu'il ne soit racheté et rebaptisé xérographie. Le premier photocopieur, le XeroX Model A (1948), nécessitait 39 étapes pour faire une copie ! Le Xerox 914, plus simple d'utilisation, sortira dix ans plus tard.

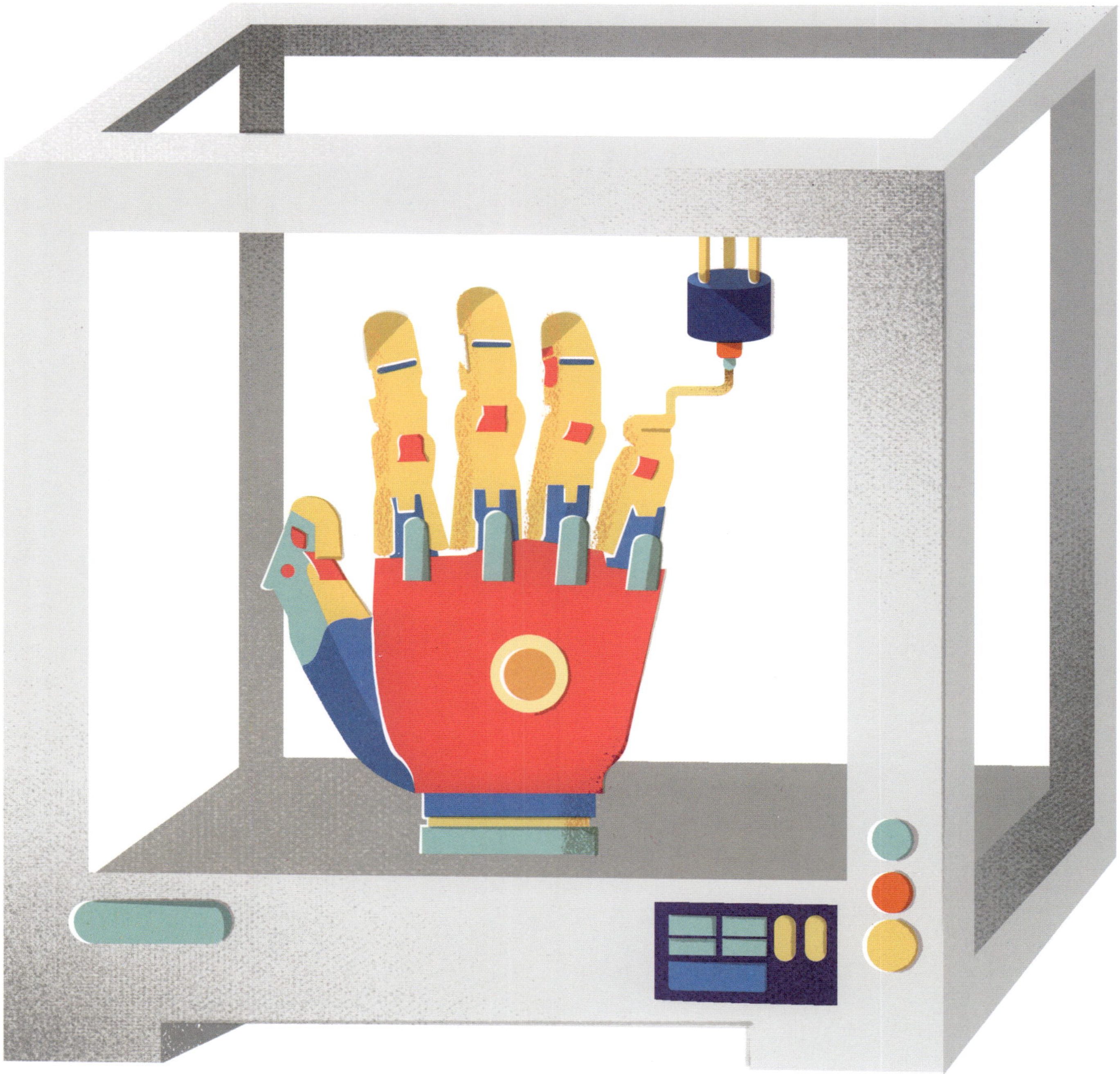

# L'IMPRESSION 3D

Une imprimante 3D convertit un fichier numérique depuis un ordinateur en un objet physique. Cela se fait par ajout de couches successives de plastique, de métal ou d'un autre matériau, jusqu'à obtenir l'objet fini. Charles Hull fut le pionnier de l'impression 3D dans les années 1980. En 1987, il cofonde une société et lance la toute première imprimante 3D, la SLA-1. L'impression 3D permet de fabriquer des produits complexes avec une précision parfaite, qu'il s'agisse de composants de voitures ou d'avions, de jouets ou même de tissus humains. Le procédé a été adopté par de nombreux inventeurs pour créer rapidement des prototypes afin de les tester.

# L'ORDINATEUR

Agacé par les erreurs de calcul, l'ingénieur britannique Charles Babbage conçoit des machines sophistiquées dans les années 1820. Celles-ci, avec 100 ans d'avance sur leur temps, sont capables d'effectuer des calculs d'une grande précision. La machine analytique, qui fonctionne alors à la vapeur, est programmable et comprend déjà des parties distinctes pour le traitement, la mémoire et les sorties périphériques. Des problèmes d'ingénierie empêchent Babbage de fabriquer son invention révolutionnaire, et c'est son amie mathématicienne Ada Lovelace qui finalisera le moteur analytique et deviendra la première informaticienne de l'histoire.

# LA PUCE ÉLECTRONIQUE

Dans les années 1940, les premiers ordinateurs pesaient plusieurs tonnes, occupaient des salles entières et contenaient des kilomètres de câbles. En 1947, l'invention d'un composant électronique minuscule, appelé transistor, permet de construire des circuits plus petits et plus rapides. L'ingénieur Jack Kilby réussit à supprimer le câblage et à fabriquer des circuits microscopiques à partir d'une fine plaquette faite d'un matériau semi-conducteur. Il fait breveter son circuit intégré, ou puce électronique, en 1959. Un autre Américain, Robert Noyce, va simplifier la production des puces : grâce à lui, l'ordinateur sera plus petit, moins cher et plus puissant.

# LE BREVET

Une invention, même simple, est parfois le fruit de mois ou d'années d'efforts. Le brevet offre un moyen de protéger ce travail. L'inventeur soumet son projet et, en cas de succès, l'État lui accorde un brevet pour une période déterminée. Personne n'est autorisé à copier l'invention avant l'expiration du brevet ; après cette date, n'importe qui peut l'utiliser. L'inventeur Thomas Edison a déposé 1 093 brevets américains, qui n'ont pas tous été des succès. Souvent, des inventions brevetées restent sur la planche à dessin jusqu'à ce que la technologie nécessaire à leur réalisation soit développée, comme le brevet pionnier d'Edward Vanderlip en 1962 pour le quadricoptère.

# L'ÉPINGLE À NOURRICE

Génie de la mécanique, Walter Hunt crée des machines à coudre, des scies, des bicyclettes… et même des chaussures permettant aux acrobates de grimper aux murs ! Meilleur inventeur qu'homme d'affaires, Hunt se retrouve endetté en 1849. Alors qu'il bricole dans son atelier, il enroule du fil métallique de façon à former un ressort avec un fermoir aux deux extrémités. En un clin d'œil, un simple fil de fer se transformait à moindres frais en une épingle de sûreté. Hunt obtient un brevet en avril 1849, mais le revend immédiatement pour 400 dollars. Depuis, des millions et des millions de ces petits objets du quotidien ont été produits.

# L'ASPIRATEUR

Un inventeur présente en 1901 une machine de nettoyage qui souffle la poussière. En l'observant, Hubert Cecil Booth se dit qu'il vaut mieux capturer la poussière que la souffler ! La même année, Booth crée l'aspirateur Puffing Billy. Celui-ci est équipé d'une pompe alimentée par un moteur à essence, qui aspire l'air et la poussière. La machine est si grande qu'il faut la placer à l'extérieur de la maison et faire passer ses tuyaux par les portes et les fenêtres ! Booth installe des tuyaux transparents pour que les clients voient la poussière quitter leur maison. Cet appareil séduit les riches londoniens qui le louent pour des soirées « spécial aspirateur » !

# LE RÉFRIGÉRATEUR

Le froid ralentit la croissance des bactéries qui dégradent les aliments. Le principe de réfrigération naît en 1748, lorsque l'Écossais William Cullen démontre que la transformation d'un liquide en gaz évacue la chaleur de son environnement. Le processus du refroidissement par évaporation sera appliqué plus d'un siècle plus tard par l'industrie de la viande, du poisson et des produits laitiers. Le réfrigérateur domestique apparaît seulement au XX^e^ siècle. En 1913, celui de Fred Wolf n'a pas de succès, mais l'idée de son bac à glaçons est retenue. En 1920, 200 modèles de réfrigérateurs seront commercialisés rien qu'aux États-Unis.

# LA PHOTOGRAPHIE

La plus ancienne photographie connue est réalisée en 1826 par Nicéphore Niépce, sur une feuille d'étain enduite d'un produit sensible à la lumière. En 1839, Louis Daguerre met au point des plaques de métal couvertes d'argent : le « daguerréotype » permet de réaliser de nombreux portraits, même si les appareils sont très grands et que les gens doivent poser pendant de longues minutes. Dans les années 1880, l'Américain George Eastman élabore une méthode moins chère et plus pratique grâce à un rouleau de film couvert de produits photosensibles. Son premier appareil photo Kodak sort en 1888 : du jour au lendemain, tout le monde pouvait prendre des photos !

# L'APPAREIL PHOTO NUMÉRIQUE

L'ingénieur Steven Sasson a mis au point un appareil photo sans pellicule, en assemblant un capteur CCD (qui convertit la lumière en signaux électriques traités ensuite en image numérique), des pièces de caméra de cinéma et un magnétophone. Chaque petite image en noir et blanc saisie par l'appareil s'enregistrait alors en 23 secondes sur une cassette audio. L'appareil photo numérique n'est pas commercialisé avant les années 1990 et ne sera intégré aux téléphones portables qu'à partir des années 2000. Aujourd'hui, de nombreux smartphones possèdent trois caméras ou plus, et chacune d'elle peut capturer 20 000 fois plus de détails que l'appareil original de Sasson.

# LA MONTGOLFIÈRE

C'est en France que le rêve de vol humain est devenu réalité, avec l'invention de ballons en tissu ou en papier remplis d'air chaud ou d'hydrogène, deux gaz plus légers que l'air ambiant. En 1783, Joseph-Michel et Jacques-Étienne Montgolfier, propriétaires d'une papeterie, font une expérience en envoyant dans les airs un canard, un coq et un mouton ! Ce vol de huit minutes rassemble une foule de 130 000 spectateurs. Les frères construisent ensuite un ballon de 14 mètres de diamètre, portant une nacelle en fer dans laquelle un feu de paille chauffe l'air. Un vol sans précédent de 25 minutes au-dessus de Paris transportera un professeur de chimie et un soldat.

# LE SOUS-MARIN

Le Hollandais Cornelis Drebbel aurait construit le tout premier sous-marin en 1620. Ce bateau à rames couvert a été testé dans la Tamise, à Londres. L'invention ne progresse pas avant la fin du XIXe siècle, lorsque l'Irlandais J.P. Holland fabrique une série de sous-marins ingénieux. Le *Holland*, construit en 1897, est propulsé par un moteur électrique sous l'eau et un moteur à essence à la surface. Au XXe siècle, des sous-marins militaires et de petits submersibles civils explorent les fonds marins. Ils y découvrent des plantes et des créatures inconnues, ainsi que des épaves d'avions et de navires. Le *Trieste* atteint la partie la plus profonde de l'océan en 1960.

# L'ÉCRITURE

Le langage écrit a été inventé en plusieurs endroits du monde, notamment en Chine (vers 1300 av. J.-C.) et en Égypte (vers 3200 av. J.-C.). L'ancien système sumérien appelé cunéiforme remonte à 3500-3400 avant J.-C. Il s'agissait d'abord d'images et de symboles qui se sont transformés en caractères représentant un son. Les Sumériens écrivaient sur des tablettes d'argile fraîche avec un stylet fabriqué à partir d'un roseau ; les tablettes étaient ensuite séchées au soleil. Le cunéiforme s'écrivait initialement à la verticale, puis en rangées de gauche à droite. Aujourd'hui, le coréen, le chinois et le japonais s'écrivent horizontalement ou verticalement.

# LE BRAILLE

En 1824, un aveugle de 15 ans, Louis Braille, met au point un ingénieux système d'écriture tactile pour les non-voyants. Son système consiste en un groupe de points en relief dans une petite cellule qui peut en comporter 6. Cela permet 64 combinaisons différentes, ce qui est suffisant pour représenter chaque lettre de l'alphabet, la ponctuation de base et les chiffres de 0 à 9. La taille d'une cellule étant conçue pour que chaque caractère puisse être identifié du bout du doigt, l'apprentissage de la lecture en braille se fait assez rapidement. Aujourd'hui, il existe aussi des panneaux en braille, ainsi que des machines à écrire et des imprimantes, qui aident les malvoyants.

# LA VOITURE

Les premiers essais de voiture à vapeur remontent à 1769, mais un véhicule routier a besoin d'une source d'énergie plus légère et plus fiable. En 1885, l'ingénieur allemand Carl Benz installe un moteur à combustion interne (qui brûle de l'air et du carburant dans de petits cylindres) sur sa Patent-Motorwagen à trois roues. La voiture a une vitesse maximale de 16 km/h et se manœuvre à l'aide d'un timon, non d'un volant. En 1888, Bertha, l'épouse de Benz, et leurs fils parcourent 180 km entre Mannheim et Pforzheim : c'est le premier voyage en voiture. Pendant le trajet, il fallut acheter du carburant chez les pharmaciens, les stations-service n'existaient pas encore !

# LES FEUX DE CIRCULATION

En 1868, les premiers feux de circulation routière du monde, conçus par John Peake Knight, sont installés devant les Chambres du Parlement à Londres. Alimentés au gaz, ils explosent l'année suivante et Londres doit attendre 1925 pour voir arriver un nouvel équipement. Les feux électriques sont inventés aux États-Unis : dans les villes en plein essor, les véhicules à moteur encombrent les carrefours et les accidents sont en hausse. En 1912, Lester Wire, policier à Salt Lake City, invente un feu à deux lentilles, alimenté par des câbles de trolley. Huit ans plus tard, un policier de Detroit, William Potts, élabore le feu à trois lentilles, avec l'orange entre le rouge et le vert.

# LE PAPIER

Autrefois, on écrivait sur des tablettes d'argile, de la soie, du papyrus ou de la peau d'animal. Le papier est inventé en Chine en l'an 105 par Cai Lun, un fonctionnaire de la cour. Il est d'abord fabriqué à partir d'une pâte de fibres végétales, puis, plus tard, de fibres de tissu, trempée dans l'eau et pressée contre un tamis pour former une couche fine. Une fois sec, le matériau, plus léger que le bambou et moins cher que la soie, accepte bien l'encre. La Chine garde jalousement son secret de fabrication : il faut attendre plus de 500 ans avant que l'invention ne soit connue, d'abord en Corée et au Japon, puis dans le monde arabe.

# LE CRAYON

En 1564, un énorme gisement de graphite solide est découvert à Borrowdale, dans le nord-ouest de l'Angleterre. Semblable à du charbon, le graphite laisse des traces noires et les bergers l'utilisent pour marquer les moutons. Plus tard, de petits morceaux enveloppés dans de la ficelle ou de la peau de mouton serviront d'outils à dessin. Une pénurie de graphite dans les années 1790 en France conduit Nicolas-Jacques Conté à cuire de la poudre de graphite mélangée à de l'argile, puis à envelopper les mines dans du bois : les premiers crayons étaient nés ! En variant le mélange, on obtient différentes noirceurs et duretés, de 9B à 9H.

# LA PILE

En 1799, l'Italien Alessandro Volta crée le premier accumulateur chimique d'électricité. Sa « pile voltaïque » se compose de disques alternés de zinc et de cuivre ou d'argent, avec du carton imbibé de saumure entre chaque disque. Volta découvre que certains métaux immergés dans l'acide génèrent un petit courant électrique. Il présente son invention à Londres en 1800, et en France à Napoléon, l'année suivante. Par la suite, des piles plus pratiques seront mises au point, mais la pile voltaïque sera copiée par de nombreux scientifiques qui feront avancer la recherche sur l'électricité. L'unité de mesure de l'électricité, le volt, porte le nom d'Alessandro.

# LE GÉNÉRATEUR ÉLECTRIQUE

Un générateur convertit le mouvement (énergie mécanique) en électricité. Ce principe est découvert en 1831 par le Britannique Michael Faraday, qui constate qu'un aimant en mouvement près d'une bobine de fil produit un courant électrique. Il construit alors une forme simple de générateur avec un aimant en fer à cheval et un disque de cuivre : celui-ci, en tournant entre les pôles de l'aimant, génère un courant faible. L'invention de Faraday est reprise par d'autres, qui réaliseront des générateurs plus puissants et plus pratiques. Aujourd'hui, toute l'électricité mondiale produite par le charbon, le pétrole, le vent, l'eau et l'énergie nucléaire utilise des générateurs.

# LES TOILETTES

Il y a plus de 4 000 ans, les villes de Mohenjo-Daro et Harappa, dans la vallée de l'Indus (Asie du Sud), ont installé des égouts sophistiqués, où l'écoulement constant de l'eau évacuait les déchets. Toutefois, les premières toilettes à chasse d'eau connues sont inventées en Angleterre entre 1584 et 1591 par John Harington, filleul de la reine Élisabeth Ire. Baptisées « Ajax », elles comportent un réservoir qui envoie un jet d'eau (de plus de 30 litres !) vers le bas pour évacuer les déchets de la cuvette. Un modèle est installé dans le palais de la reine, mais l'invention de Harington ne sera pas adoptée avant plusieurs siècles.

# LA BROSSE À DENTS

Il y a plus de 5 000 ans, les Babyloniens mâchaient des bouts de brindilles effilochées pour se nettoyer les dents. Ces bâtons à mâcher sont encore utilisés dans certaines régions d'Asie, où les premières brosses à dents (des manches en bambou ou en os portant des poils de porcs de Sibérie) furent inventées pendant la dynastie chinoise des Tang (619-907). En Europe, les brosses à dents sont rares jusqu'à ce que William Addis, un prisonnier détenu à Londres, en fabrique une avec un os récupéré d'un repas et perforé pour y implanter des poils. Libéré en 1780, Addis produisit en série des brosses à dents en poils de porc, de cheval et, plus tard, de blaireau !

# LE TÉLÉGRAPHE

En émettant des signaux électriques par l'intermédiaire de fils, le télégraphe peut transmettre des messages sur de longues distances. Le système de Charles Wheatstone et William Cooke est installé le long du chemin de fer britannique dès 1839. En 1945, un message envoyé entre deux gares permet à la police anglaise d'arrêter un meurtrier à la descente du train ! En Amérique, Samuel Morse et Arthur Vail élaborent un code à partir d'impulsions courtes (points) et longues (tirets) correspondant à l'alphabet. Grâce au « code Morse », les messages sont envoyés plus rapidement. En 1900, 63 millions de messages télégraphiques avaient été envoyés rien qu'aux États-Unis.

# INTERNET

Internet est un réseau informatique mondial qui permet à des milliards d'ordinateurs et de smartphones de communiquer entre eux. Ainsi, vous pouvez envoyer des messages, regarder des photos, des vidéos, ou lire des pages web du monde entier en quelques secondes ! Internet est le fruit des progrès informatiques des années 1960. En 1969, ARPANET voit le jour aux États-Unis : ce réseau débute avec seulement quatre ordinateurs. Peu à peu, d'autres ordinateurs rejoignent le réseau ou forment leurs propres réseaux ailleurs. L'intercommunication des réseaux et l'utilisation d'applications comme le courrier électronique ont donné naissance à Internet.

# LE MANNEQUIN D'ESSAI DE CHOC

Avant 1949, on utilisait des sacs de sable, des cadavres, voire des volontaires humains pour jouer le rôle de victimes d'accidents, jusqu'à ce que Samuel W. Alderson crée le premier mannequin en caoutchouc et en acier. « Sierra Sam » sert à tester des casques de pilote, des harnais et des sièges éjectables d'avion. Aujourd'hui, il existe des mannequins de tailles et de poids variés pour représenter toutes les morphologies. Ces modèles humains réalistes intègrent des instruments de mesure des chocs dans le cadre de la recherche pour la sécurité routière. Ils ont contribué à la mise au point des airbags et à d'autres avancées en matière de sécurité.

# LA CEINTURE DE SÉCURITÉ

Les premières ceintures de sécurité possédaient une seule sangle autour des hanches, qui n'empêchaient pas la tête et le buste de basculer vers l'avant lors d'un choc. En 1958, l'ingénieur suédois Nils Bohlin, qui travaille chez le constructeur automobile Volvo, a l'idée d'améliorer les harnais de pilote. Sa ceinture de sécurité à trois points ajoute une sangle diagonale sur le buste ; celle-ci s'insère dans une boucle qui s'attache d'une seule main au niveau de la hanche. Volvo choisit de dévoiler son invention sans la faire breveter afin d'en faire profiter d'autres constructeurs. Cette ceinture a sauvé des milliers de vies et réduit de moitié le risque de blessure en cas d'accident.

# LA CONSOLE DE JEUX VIDÉO

Dès 1967, l'ingénieur américain Ralph Baer met au point la première console de jeux. Le système, qui se branche sur la prise d'antenne d'un téléviseur, comprend des commandes à bouton rotatif pour deux joueurs et affiche un choix de jeux simples en noir et blanc : jeu de dames, volley-ball, golf ou tennis de table (certains seront copiés par des concurrents). Baer invente aussi des pistolets optiques qui détectent des blocs blancs sur l'écran pour jouer à tirer sur des cibles. La console est commercialisée sous le nom de Magnavox Odyssey en 1972 : c'est le début du jeu vidéo à domicile.

# LE JEU VIDÉO D'ARCADE

En 1962, des étudiants américains inventent *Spacewar!*, premier jeu vidéo d'action simulant un combat entre deux vaisseaux spatiaux. Joueur assidu, Nolan Bushnell s'associe à Ted Dabney pour mettre au point une nouvelle version en 1971, appelée *Computer Space*, jouable sur des bornes d'arcade payantes. Les deux hommes fondent Atari en 1972 et créent des jeux d'arcade à succès, tels que *Pong* et *Breakout*. En 1978, le Japonais Tomohiro Nishikado s'en inspire pour concevoir *Space Invaders*, qui va réunir huit millions de joueurs quotidiens rien qu'au Japon : c'est le premier jeu d'arcade doté d'une bande sonore et d'un tableau des meilleurs scores.

# L'AVION

Fabricants de bicyclettes, les frères américains Orville et Wilbur Wright se passionnent pour l'aviation. Ils étudient la mécanique du vol, construisent une soufflerie et effectuent plus de 200 vols avec leurs planeurs. En 1903, ils créent un avion de 6,4 mètres de long doté de deux ailes superposées pour la portance. La propulsion est assurée par un moteur à essence qui fait tourner deux hélices de 2,4 mètres de large. Orville réussit à piloter l'avion, allongé sur le ventre, pour accomplir le premier vol motorisé contrôlé ! En 1908, les deux frères font en Europe une démonstration de leur avion qui fera date dans l'histoire de l'aviation.

# LE PARACHUTE

Un parachute sert à ralentir le mouvement d'un objet en créant de la résistance. Il peut freiner une chute vers le sol, mais aussi servir de freins pour les dragsters (voitures de course) et certains avions à réaction. Léonard de Vinci dessine un parachute de forme pyramidale en 1485, mais le premier saut réussi n'a lieu qu'en 1783 : Louis-Sébastien Lenormand saute de la tour de l'Observatoire de Montpellier, suspendu à un cadre en bois recouvert de tissu. Un autre Français, André-Jacques Garnerin, invente le parachute sans cadre. Accroché à une voilure, Garnerin effectue des sauts de 900 mètres au-dessus de Paris en 1797, et de 2 440 mètres au-dessus de Londres cinq ans plus tard.

# LE SPARADRAP

Les petites blessures nécessitaient autrefois des bandages encombrants, qui étaient difficiles à attacher sans l'aide d'une autre personne. En 1920, Earle Dickson, employé de Johnson & Johnson, a une idée géniale. Il colle des petits tampons de gaze pliés à intervalles réguliers sur une bande de ruban adhésif et recouvre le tout d'une crinoline. Les pansements adhésifs en rouleau de Dickson peuvent ainsi être coupés et appliqués d'une seule main. Ses employeurs sont impressionnés et Band-Aids® est commercialisé en 1921. Trois ans plus tard, des pansements individuels de différentes formes et tailles seront mis sur le marché et utilisés dans le monde entier.

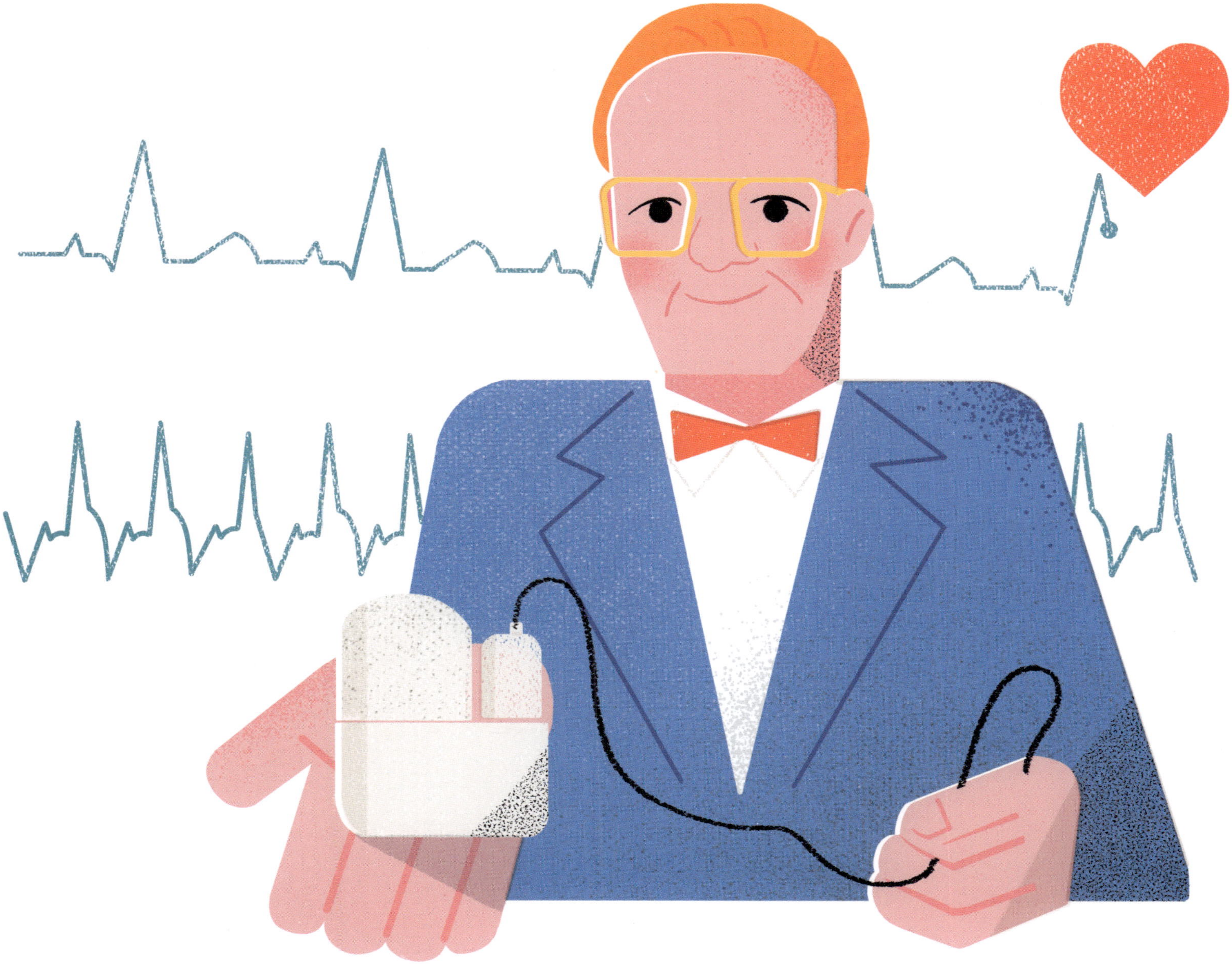

# LE STIMULATEUR CARDIAQUE

Quand le cœur ne bat pas régulièrement, cela peut être dangereux. Un stimulateur cardiaque est un dispositif qui envoie des signaux électriques à intervalles réguliers pour corriger ce problème. Le premier stimulateur, de la taille d'un grille-pain, est inventé par John Hopps en 1950. Six ans plus tard, Wilson Greatbatch adapte la mauvaise pièce à un circuit électrique et découvre qu'elle émet une impulsion semblable à un battement de cœur. En 1960, avec William Chardack, il met au point un dispositif suffisamment petit pour être implanté dans le corps. Détenteur de 330 brevets, Greatbatch est aussi l'inventeur de piles plus durables qui contribueront à sauver des milliers de vies.

# LE CHOCOLAT

Le chocolat est fait avec les fèves séchées et grillées du cacaoyer. Les Incas, les Mayas et les Aztèques fabriquaient une boisson amère à partir de ces fèves mélangées à des épices ou des piments. Les Aztèques l'appelaient *xocolãtl*, qui devint *chocolat* au XVI$^{e}$ siècle, quand des explorateurs revinrent en Espagne avec des fèves de cacao. La mode des boissons chocolatées, très coûteuses, se répand alors en Europe. Un produit moins cher apparaît en 1828 avec l'invention de la poudre de cacao par le chimiste néerlandais Coenraad Van Houten. En 1847, l'Anglais Joseph Fry mélange cette poudre avec du beurre de cacao et du sucre pour créer le premier chocolat solide.

# LA TEINTURE

En 1856, un Londonien de 18 ans, William Henry Perkin, tente sans succès de fabriquer de la quinine, un médicament utilisé pour traiter la malaria. Il obtient cependant quelque chose de très intéressant : la première teinture artificielle, qu'il appellera mauvéine. À l'époque, les teintures pourpres sont très coûteuses ; un seul gramme de teinture violette, par exemple, nécessite environ 9 000 escargots de mer écrasés ! La mauvéine est produite à partir de goudron de houille bon marché et ne se décolore pas. Les vêtements violets feront fureur et toute une industrie de colorants artificiels de différentes couleurs se développera ensuite.

# L'AVION À RÉACTION

Un moteur à réaction aspire l'air dans une chambre de combustion : mélangé à du carburant, l'air s'enflamme. Le mélange en combustion produit une grande quantité de gaz qui, en se projetant vers l'arrière, provoque une poussée vers l'avant. Un avion équipé de moteurs à réaction vole plus vite et plus haut qu'un avion à hélice. En 1937, deux ingénieurs, Frank Whittle en Angleterre et Hans von Ohain en Allemagne, inventent des moteurs à réaction. Celui de Whittle est le premier à être testé, mais celui de von Ohain est le premier à propulser un avion, le *Heinkel He 178*, en 1939. Dix ans plus tard, le premier avion de ligne à réaction, le *Havilland Comet*, prend son envol.

# LA FUSÉE

Une fusée est un engin autopropulsé qui brûle du carburant et de l'oxygène (ou un oxydant). Les toutes premières fusées, de simples tubes de bambou remplis de poudre à canon, ont vu le jour en Chine il y a environ 1 000 ans. La première fusée alimentée par un combustible liquide est lancée par Robert Goddard en 1926. Elle parcourt 60 mètres et finit dans un champ de choux, mais elle marque les débuts de l'ère de la fusée. Les missiles à moteur-fusée, apparus pendant la Seconde Guerre mondiale, vont inspirer les premières fusées spatiales. En 1957, une fusée soviétique R-7 conçue par Sergueï Korolev lance le premier satellite dans l'espace.

# LES ALIMENTS SURGELÉS

Entre 1912 et 1914, l'Américain Clarence Birdseye travaille dans l'Arctique lorsqu'il remarque que le poisson pêché gèle très vite à basse température (– 30 °C ou moins) grâce à de petits cristaux qui se créent à l'intérieur. Il note ensuite que les aliments décongelés conservent assez bien leur goût et leur texture. Birdseye passe la décennie suivante à mécaniser le processus de surgélation (congélation rapide). En 1924, son système à double courroie congèle les aliments dans du carton ciré entre des bandes en inox réfrigérées. Cinq ans plus tard, les surgelés font leur entrée dans les congélateurs des magasins. Les bâtonnets de poisson n'arriveront que dans les années 1950 !

# LE FOUR À MICRO-ONDES

En 1945, alors qu'il passe devant un magnétron sur son lieu de travail, l'ingénieur américain Percy Spencer voit fondre son sandwich dans sa poche de chemise ! Un magnétron produit un type de rayonnement électromagnétique appelé micro-ondes. En réalisant d'autres expériences, Spencer découvre que les œufs explosent et que les grains de maïs sautent : les micro-ondes font vibrer les molécules à l'intérieur des aliments, ce qui les fait chauffer. La société pour laquelle Spencer travaille lance le premier four à micro-ondes en 1947. Appelé le Radarange, il pèse 340 kg et mesure la taille d'une personne ! Le premier four à micro-ondes de table sort en 1967.

# L'IMPRIMERIE

L'impression sur bois naît dans la Chine antique : c'est un bloc de bois gravé de plusieurs symboles. Il y a environ 800 ou 900 ans, de petits blocs gravés de caractères mobiles en argile ou en bronze sont apparus en Chine et en Corée : ils pouvaient être agencés pour imprimer les pages d'un livre. Au XV$^{e}$ siècle, en Allemagne, Johannes Gutenberg fabrique la première presse à caractères mobiles d'Europe. Ces caractères en alliage métallique sont mis en place, puis recouverts d'encre ; les pages peuvent alors être imprimées rapidement et à moindre coût. Grâce à l'invention de Gutenberg, la production de livres explose et l'information circule comme jamais auparavant.

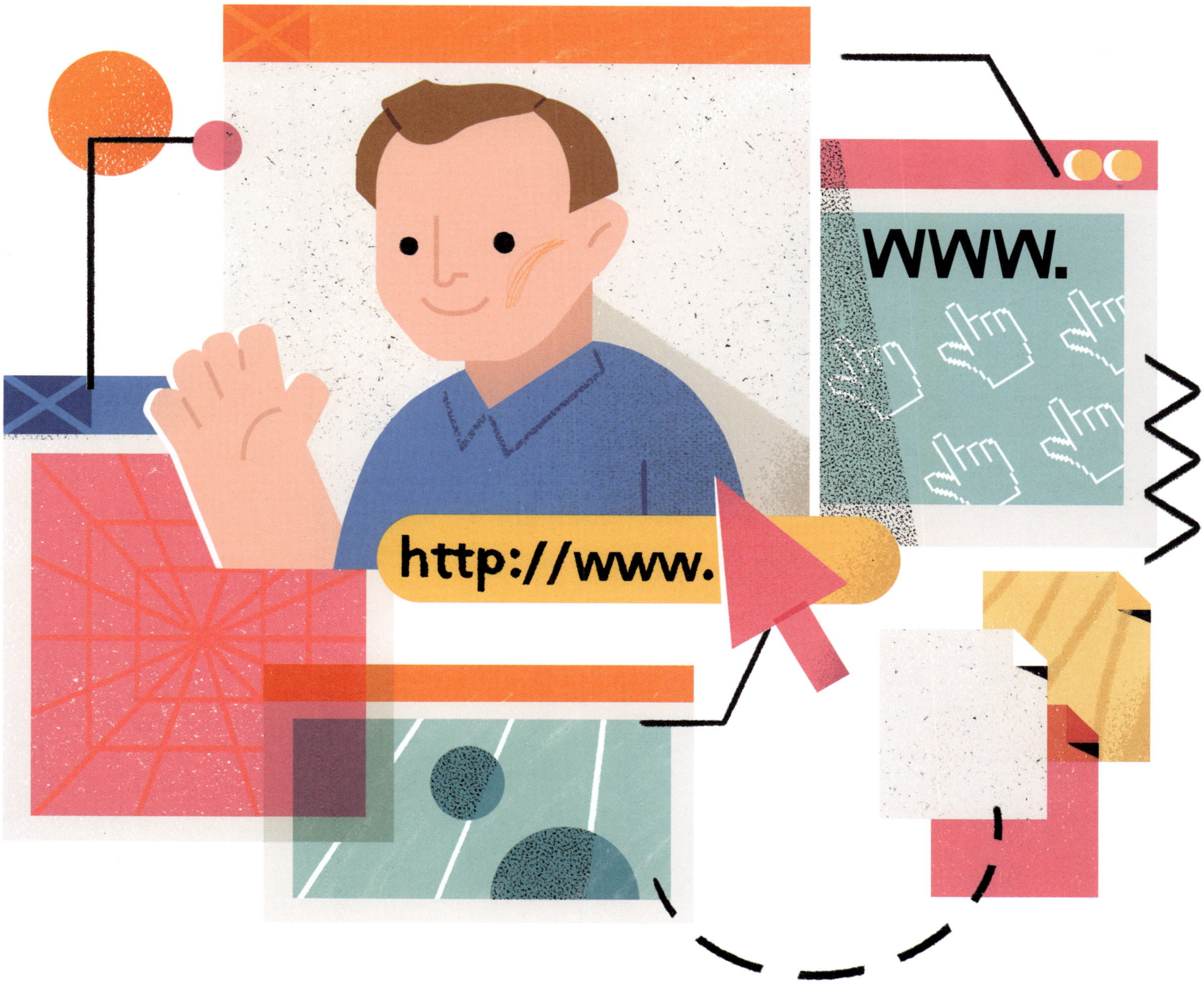


# LE WORLD WIDE WEB

Le World Wide Web (WWW) est une bibliothèque géante de pages web. Un groupe de pages web constitue un site web et on trouve aujourd'hui plus d'un milliard de ces sites sur Internet. En 1991, il n'en existe qu'un seul, créé par l'ingénieur britannique Tim Berners-Lee, qui cherche un moyen d'accéder aux informations détenues par les ordinateurs du monde entier grâce à des liens hypertexte. En cliquant sur un lien, on peut passer rapidement d'une page web à une autre. Berners-Lee élabore le langage HTML pour créer des pages web et un programme de navigation permettant de les visualiser sur un ordinateur. C'est ainsi qu'a commencé la navigation sur Internet !

# LE MOTEUR DE RECHERCHE

Comment trouver ce que l'on cherche parmi toutes les informations qui circulent sur Internet ? En 1989, le Canadien Alan Emtage invente Archie, le premier programme informatique permettant de rechercher du contenu sur le web. D'autres moteurs de recherche verront le jour, dont Veronica en 1992 et Yahoo! en 1994. Deux ans plus tard, Sergey Brin et Larry Page, étudiants à l'université de Stanford, lancent BackRub. Ce moteur de recherche vise à explorer plus de pages web qu'auparavant et à analyser les liens entre ces pages afin d'obtenir des résultats plus pertinents. En 1998, BackRub devient Google, le moteur de recherche le plus populaire au monde.

# LE TRAIN

Le train voit le jour en Grande-Bretagne en 1802, quand Richard Trevithick invente un moteur à vapeur à haute pression qui fait tourner des roues sur des rails. Les premiers chemins de fer à vapeur servent à tirer de lourdes charges dans les mines et les usines. Les Locomotion No.1 et No.2 de George Stephenson sont les premiers trains à transporter des passagers sur un chemin de fer public en 1825. Le fils de Stephenson, Robert, construit la Fusée, une locomotive qui atteint la vitesse impressionnante de 47 km/h. Elle fonctionne sur la première ligne ferroviaire interurbaine du monde (Liverpool-Manchester) dès 1830. En 1860, les États-Unis possèdent déjà plus de 49 000 km de voies ferrées.

# LE SAC EN PAPIER

Margaret Knight a toujours aimé résoudre des problèmes. Elle n'a que 12 ans lorsqu'elle invente un dispositif de sécurité utilisé plus tard dans des usines de confection américaines. En 1868, elle travaille dans une usine qui fabrique des sacs en papier présentant un fond étroit en V. Selon elle, un sac à fond plat et rectangulaire pourrait contenir plus de choses : elle crée alors une machine pour produire ce genre de modèle. Il lui faudra se battre devant les tribunaux pour empêcher la copie de son invention, mais elle gagnera la partie en 1868. Par la suite, de nombreux magasins américains adopteront ses sacs à fond plat.

# LA MONNAIE

Entre 650 et 550 avant notre ère, les rois de Lydie (dans l'actuelle Turquie) deviennent les premiers souverains connus à frapper monnaie. Les pièces d'électrum (alliage d'or et d'argent) en forme de haricot sont estampillées d'une tête de lion, symbole du royaume. Chaque pièce a la même valeur et pèse à peu près le même poids : il n'est donc pas nécessaire de les peser et de les vérifier à chaque fois, comme c'est le cas pour les lingots d'or et d'argent utilisés à l'époque dans le commerce. Séduits par cette forme de monnaie plus pratique, les États méditerranéens voisins vont rapidement commencer à émettre leurs propres pièces.

# LE SMARTPHONE

Le premier téléphone mobile, le DynaTAC 8000x, est commercialisé en 1983. Les modèles des débuts sont encombrants et ne servent qu'aux appels vocaux. Les avancées technologiques vont bientôt permettre d'intégrer des circuits et des composants visant à effectuer d'autres tâches. Le premier smartphone, l'IBM Simon, est présenté en 1992. Doté d'un écran tactile à la place des boutons, il comprend des programmes et des applications, dont un calendrier, une messagerie électronique et un programme de dessin. Ce téléphone de 20 centimètres de haut pèse 510 g et ne contient que 1 Mo de mémoire. Aujourd'hui, un smartphone classique en possède 64 000 fois plus !

# L'ÉMOJI

Un émoji est un pictogramme qui exprime une idée ou un sentiment. Avant, il y avait les émoticônes, de simples combinaisons de caractères comme :-) pour un sourire : elles furent présentées en 1982 par l'universitaire américain Scott Fahlman. En 1995, une société japonaise de télécommunications propose le tout premier émoji (un cœur) aux usagers de son service de radiomessagerie. Le succès est tel qu'un employé, Shigetaka Kurita, conçoit 176 caractères en couleurs, mesurant chacun quelques pixels, pour communiquer en utilisant moins de données. Ces émojis apparaissent sur les téléphones en 1999 et des milliers d'autres seront créés par la suite.

# LA SUPER GLUE

Cette colle à action rapide a été découverte accidentellement, non pas une, mais deux fois. En 1942, Harry Coover, chimiste américain, tente de fabriquer des plastiques transparents lorsqu'il obtient une substance très collante. Il l'oublie, mais un collègue la redécouvre en 1951. Une colle puissante fabriquée à partir de cette substance permet de coller des objets presque instantanément : elle est commercialisée en 1958 sous le nom de Eastman #910. En 2015, la télévision russe fait une démonstration en collant les chaussures d'un homme à une planche de bois suspendue à l'envers à une montgolfière !

# LE POST-IT®

Certaines inventions doivent attendre un peu avant de conquérir le monde. C'est le cas de l'ACM, un type de colle mis au point par le chimiste américain Spencer Silver en 1968. Cette substance s'accroche au papier, mais peut être retirée facilement et recollée plusieurs fois. Cette découverte n'intéresse pas grand monde jusqu'en 1974, lorsqu'un collègue de Silver, Art Fry, utilise l'adhésif sur des bandes de papier pour marquer les pages des livres de cantiques de sa chorale. Le potentiel de ces notes en papier collant est finalement reconnu et les Post-It® sont commercialisés en 1980.

# LE SCAPHANDRE AUTONOME

En 1943, l'explorateur Jacques Cousteau réalise la première plongée avec un appareil qui va révolutionner l'exploration sous-marine. Ce sont des bouteilles d'air comprimé, placées sur le dos du plongeur, qui alimentent un détendeur spécial. Ce détendeur, fabriqué par Émile Gagnan, un ami de Cousteau, adapte la pression de l'air à celle de l'eau environnante et préserve ainsi les poumons du plongeur. Également connu sous le nom d'Aqua-Lung, le scaphandre autonome de Gagnan et Cousteau est un énorme succès. Un plongeur peut désormais effectuer des explorations sans être retenu par des tubes d'air qui le relient à un bateau en surface.

# LE VAISSEAU SPATIAL

Concepteur de fusées et de satellites, Sergueï Korolev est mis au défi par le gouvernement de l'URSS d'envoyer des humains dans l'espace… et de les ramener sains et saufs ! Korolev et son équipe vont développer le vaisseau spatial Vostok, qui comprend un module de service avec un moteur de fusée, et une sphère de 2,3 mètres de large où le cosmonaute est attaché à son siège. En 1961, Youri Gagarine, premier être humain à aller dans l'espace, revient sur Terre en parachute après un vol de 108 minutes à bord de *Vostok 1*. Le Vostok effectuera cinq autres missions réussies, dont la dernière, en 1963, emmènera Valentina Tereshkova, première femme à aller dans l'espace.

# L'AMPOULE ÉLECTRIQUE

L'ampoule à incandescence a permis de mettre en pratique le premier éclairage électrique. Son filament est fait d'un matériau qui, traversé par l'électricité, se réchauffe et émet de la lumière. Pour éviter de prendre feu, l'ampoule doit être vidée de son air, un processus délicat à l'époque. En 1880, le scientifique anglais Joseph Swan présente son ampoule hermétique (contenant un filament de coton) en éclairant d'abord sa maison, puis une rue entière à Newcastle, en Angleterre. Thomas Edison fabrique aussi des ampoules, mais avec des filaments plus durables. En 1883, Edison et Swan fondent une société afin de rendre l'éclairage électrique accessible à tous.

# LE FILAMENT

Lewis Latimer, fils d'un esclave afro-américain, s'engage dans la marine à l'âge de 15 ans, puis apprend le dessin industriel tout en travaillant dans un cabinet d'avocats. Il réalise les dessins du brevet du téléphone d'Alexander Graham Bell ; en 1884, il est engagé par Thomas Edison, spécialiste des ampoules électriques. Deux ans plus tôt, il a déposé son propre brevet pour un filament plus durable (élément de l'ampoule qui émet de la lumière quand l'électricité le traverse). Les filaments de carbone de Latimer sont plus faciles à produire et durent plus longtemps que les autres. Ils seront rapidement adoptés dans la fabrication des ampoules.

# LE FEU D'ARTIFICE

Il y a plus de 1 200 ans, les Chinois ont découvert qu'en mélangeant du soufre, du charbon de bois et du salpêtre (nitrate de potassium) dans les proportions adéquates, on obtient une substance qui explose lorsqu'on l'allume. Un tube en bambou rempli de cette sorte de poudre à canon produit, une fois enflammé, le tout premier feu d'artifice. Au XVIe siècle, les feux d'artifice séduisent les Européens, bien qu'ils restent d'un blanc-jaune terne. Dans les années 1830, des chimistes italiens ajoutent du chlorate de potassium pour obtenir plus de brillance, ainsi que des sels métalliques pour créer des couleurs : du cuivre (bleu), du strontium (rouge) ou du baryum (vert).

# LA LAMPE NÉON

En 1902, le chimiste Georges Claude découvre que le passage d'un courant électrique dans un tube de verre scellé contenant du néon produit une lumière rouge-orangé. D'autres gaz, comme l'argon, émettent des couleurs différentes. Un agent publicitaire, Jacques Fonsèque, a l'idée de créer des enseignes lumineuses colorées à partir de tubes en forme de lettres ou de symboles. Les deux hommes présentent leurs néons en 1910 ; deux ans plus tard, ils vendent leur première enseigne à un coiffeur parisien. En 1984, un hôtel américain inaugure la plus grande ense gne au néon du monde (38 mètres de large et 6 kilomètres de tubes).

# LE DIRIGEABLE

Tandis qu'une montgolfière ne se déplace que dans la direction où le vent la pousse, Henri Giffard construit en 1852 le premier ballon motorisé et manœuvrable : le dirigeable. Il s'agit d'un ballon à hydrogène de 44 mètres de long, sous lequel un moteur à vapeur fait tourner une hélice 110 fois par minute. L'invention de Giffard en inspire d'autres, parmi lesquels Ferdinand von Zeppelin, dont le LZ1 effectue un vol en 1900. Ce premier dirigeable rigide contient plusieurs sacs de gaz entourés d'une structure solide. Les « zeppelins » construits par la suite seront utilisés pour le transport des militaires, mais aussi des civils.

# L'HÉLICOPTÈRE

Un hélicoptère génère de la portance grâce au rotor qui fait tourner ses pales comme s'il s'agissait d'ailes tournantes. Des prototypes sont construits dans les années 1930, mais c'est le Russe Igor Sikorsky qui trouve comment stabiliser l'hélicoptère en vol. En 1939, son VS-300 effectue son premier vol, Sikorsky aux commandes. L'hélicoptère est équipé d'un rotor principal à trois pales et de deux petits rotors sur la queue. Ces derniers, en équilibrant la rotation des pales du rotor principal, permettent à l'hélicoptère de se diriger. Quatre ans plus tard, les hélicoptères Sikorsky sont adoptés par l'US Air Force (armée de l'air américaine).

# LES ONDES RADIO

De nombreuses personnes sont associées à la découverte et à l'utilisation des ondes radio. Parmi elles, Nikola Tesla, qui invente en 1898 le premier appareil radiocommandé (un modèle réduit de bateau), et Reginald Fessenden, qui réalise la première émission radiophonique en 1906. Guglielmo Marconi va utiliser les ondes radio pour la transmission de signaux télégraphiques sans fil : en 1901, il envoie un signal de l'autre côté de l'Atlantique. Il ne faudra pas attendre longtemps pour voir des navires équipés de radiotélégraphes. En 1909, à bord du *RMS Republic*, l'un de ces appareils envoie un signal de détresse qui permet de sauver plus de 1 500 personnes.

# LA TÉLÉVISION

De nombreux pionniers ont tenté de transmettre par voie aérienne des images et des sons sur des téléviseurs. Parmi eux, le jeune Américain Philo Farnsworth, le Japonais Kenjiro Takayanagi et l'Écossais John Logie Baird. En 1925, Baird produit les premières images télévisées montrant des lettres de l'alphabet et un pantin de ventriloque ! Quatre ans plus tard, il commence à diffuser trois émissions de télévision d'une demi-heure par semaine. Le système mécanique de Baird est rapidement dépassé par les téléviseurs électroniques (mis au point, entre autres, par le Russo-Américain Vladimir Zworykin), dont le tube cathodique affiche des images beaucoup plus nettes.

# LE TÉLESCOPE

En 1608, le lunetier hollandais Hans Lippershey met deux lentilles de verre dans un tube : en regardant par une extrémité, il constate qu'un objet éloigné paraît deux à trois fois plus proche. L'écho de cette trouvaille parvient aux oreilles du savant italien Galilée, qui va construire des télescopes avec un pouvoir d'agrandissement plus important. Entre 1609 et 1610, Galilée sera ainsi l'auteur de nombreuses avancées en astronomie, dont la mesure des cratères sur la Lune et la découverte de quatre lunes en orbite autour de Jupiter. Soixante ans plus tard, Isaac Newton invente le réflecteur, un type de télescope équipé de miroirs à la place des lentilles.

# LE MICROSCOPE

Comme le télescope, le microscope voit le jour grâce à des fabricants de lentilles hollandais. Dans les années 1590, Hans et Zacharias Janssen utilisent des lentilles de verre pour grossir la vision de petits objets. Dans les années 1660, l'Anglais Robert Hooke améliore le dispositif afin d'étudier des mondes encore invisibles : il découvre ainsi la structure cellulaire des plantes. Son livre *Micrographia*, premier best-seller scientifique, donnera au Hollandais Antoni Van Leeuwenhoek l'idée d'ajouter au microscope de minuscules lentilles très incurvées. Un grossissement de 270 fois permettra à ce dernier de découvrir les bactéries dans les années 1670.

# LE MICRO-ORDINATEUR

Alors qu'ils conçoivent une calculatrice, les ingénieurs Ted Hoff et Federico Faggin réussissent à intégrer tous les circuits et fonctions d'un ordinateur sur une seule puce. Commercialisée en 1971 sous le nom de microprocesseur Intel 4004, cette invention, ainsi que d'autres innovations comme la mémoire vive (RAM) en 1968, permet de produire des ordinateurs personnels plus petits et moins chers. En 1973, le micro-ordinateur français Micral N est le premier sur le marché, bientôt suivi par d'autres. Certains, comme l'Altair 8800, sont livrés en kit. Plus conviviaux, les modèles ultérieurs, tels que l'Apple II et le TRS-80, feront entrer l'informatique dans les foyers.

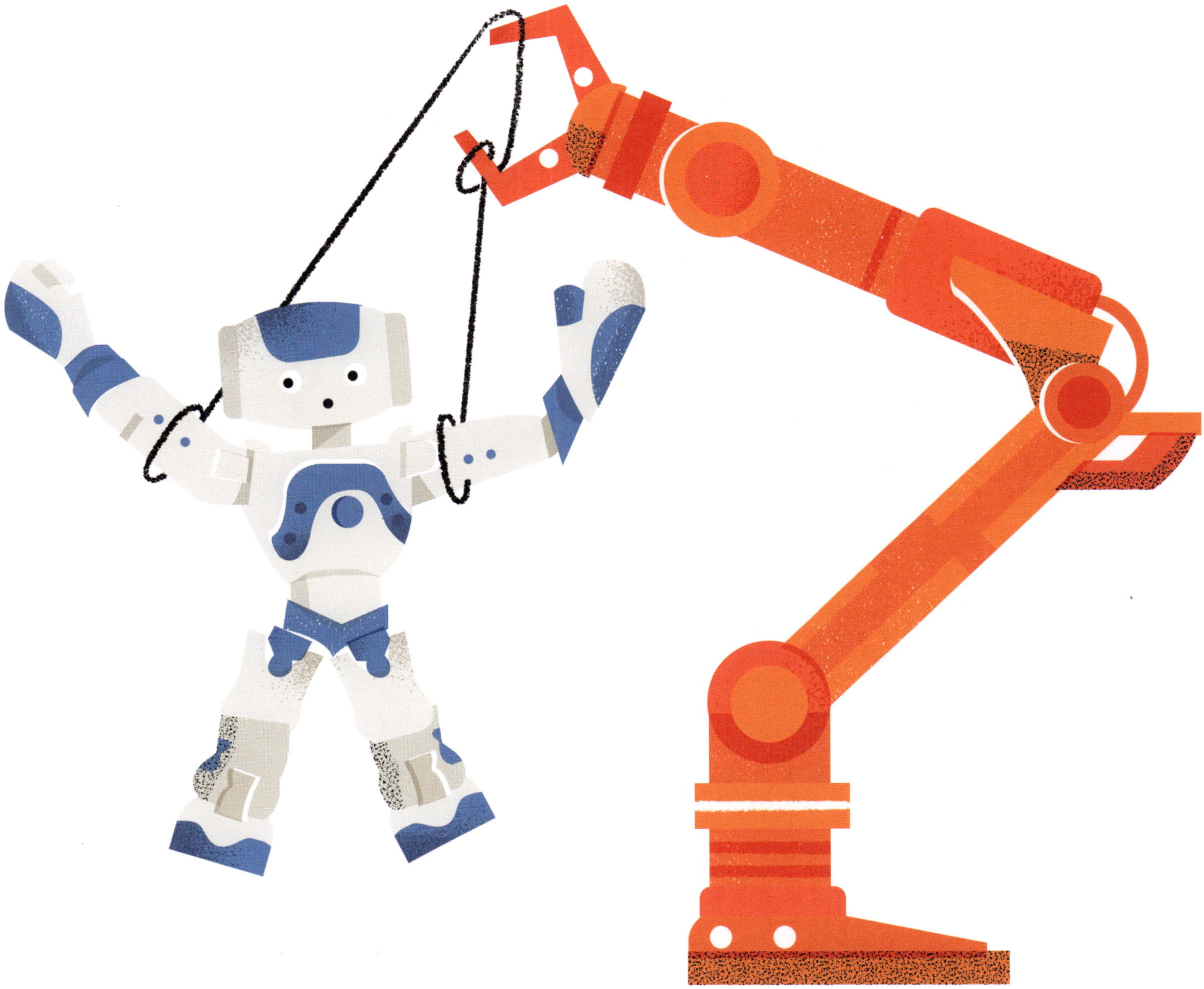

# LE ROBOT

Un robot est une machine polyvalente et programmable qui peut effectuer des tâches de manière autonome, ou presque. Le premier robot fonctionnel est installé dans une usine automobile en 1961 : pendant des années, Unimate #001, conçu par George Devol et Joseph Engelberger, manipule inlassablement du métal brûlant. Des millions de robots ont suivi depuis, dont beaucoup ont la capacité informatique de prendre des décisions. Les robots explorent Mars et les océans de la Terre. Ils participent à des opérations de sauvetage, luttent contre les incendies et se chargent du déminage. Certains font office d'aides à domicile, d'aspirateurs et d'agents de sécurité !

# LA BICYCLETTE

La bicyclette naît en 1817 avec l'invention de la draisienne par Karl Drais von Sauerbronn : le cycliste propulse ce véhicule en bois à deux roues en avançant les pieds sur le sol. Dans les années 1860, des pédales sont fixées à la roue avant. Le Français Eugène Meyer et l'Anglais James Starley vont construire des « grands bis », dont les roues avant peuvent atteindre 1,5 mètre de diamètre. En 1885, le neveu de Starley, John, invente la bicyclette de sécurité. Elle est dotée d'un cadre en forme de losange, d'un guidon et de pédales qui font tourner la roue arrière par l'intermédiaire d'une chaîne et d'engrenages, comme les vélos d'aujourd'hui.

# LE KEVLAR®

Dans les années 1960, la chimiste américaine Stephanie Kwolek cherche de nouveaux matériaux résistant à des conditions extrêmes pour améliorer les pneus de voiture. Dans l'entreprise où elle travaille, elle élabore une nouvelle fibre plastique rigide, appelée Kevlar®. Ce matériau est à la fois très léger et au moins cinq fois plus solide que l'acier. Il peut résister au grand froid et à une chaleur de 450 °C. Aujourd'hui, le Kevlar® renforce de nombreux objets, des pneus aux raquettes de tennis, et son utilisation dans les casques de protection, les gilets pare-balles, les gants et autres équipements de sécurité a permis de sauver des milliers de vies.

# LE TIMBRE

La poste existe depuis des siècles, mais les premiers services postaux manquaient d'organisation. Le coût variait beaucoup d'une région à l'autre et les frais étaient souvent payés par le destinataire, non par l'expéditeur. Le Britannique Rowland Hill, réformateur de la poste, suggère une taxe nationale unique pour les lettres jusqu'à 14 grammes, payée par l'expéditeur. La preuve de paiement est un rectangle de papier collé sur la lettre : le timbre-poste. Le premier timbre-poste national du monde, le Penny Black, apparaît au Royaume-Uni en 1840. Son succès incite d'autres pays, comme le Brésil en 1843 et les États-Unis en 1847, à produire leurs timbres.

# LE PAPIER BULLE

En 1957, l'Américain Alfred Fielding et le Suisse Marc Chavannes emprisonnent des bulles d'air entre des feuilles de plastique. Ils pensent avoir inventé un papier peint futuriste, mais peu d'acheteurs se manifestent. Ils décident donc de l'utiliser pour isoler les serres : là encore, c'est un échec. Persévérant, le tandem commercialise ce plastique comme matériau d'emballage (les bulles d'air amortissent les objets délicats sans ajouter de poids). Intéressées, les sociétés informatiques s'en serviront pour protéger les technologies fragiles. Des millions de mètres sont désormais produits, notamment pour l'emballage alimentaire et les enveloppes matelassées.

# LA MESURE DU TEMPS

Les premiers dispositifs de mesure du temps sont des bâtons verticaux qui indiquent le mouvement quotidien du Soleil en projetant des ombres sur le sol. Le cadran solaire fonctionne de cette manière. Cette technique étant inefficace par temps nuageux, certains ont appris à mesurer le temps en observant la fonte d'une bougie ou l'écoulement de l'eau entre deux bols. Vers 1400 avant J.-C., les Égyptiens ont construit des clepsydres (horloges à eau). Certaines clepsydres de l'Antiquité comportaient des mécanismes élaborés actionnant des automates. L'horloge mécanique utilisant des poids et des ressorts est inventée au XIV$^{e}$ siècle en Europe.

# L'HORLOGE MÉCANIQUE

Un pendule est un poids qui se balance au bout d'un fil ou d'une tige. Le scientifique italien Galilée observe que les balancements du pendule sont toujours de la même durée. Ce mouvement régulier est exploité par l'astronome hollandais Christiaan Huygens en 1656 pour concevoir des horloges plus précises. À l'époque, une horloge mécanique pouvait avoir une marge d'erreur de 15 à 30 minutes par jour : avec l'invention de Huygens, l'erreur se réduisait à quelques secondes. D'autres améliorations en ont fait l'instrument de mesure du temps le plus précis du monde, jusqu'à l'invention des horloges à quartz et électriques dans les années 1930.

# LA SOURIS

Dans les années 1960, l'Américain Douglas Engelbart, visionnaire de l'informatique, cherche un moyen pratique de faire bouger le curseur sur un écran d'ordinateur. Il conçoit une petite boîte, appelée souris en raison de son long fil en forme de queue, avec des roues métalliques perpendiculaires entre elles. Lorsqu'on fait rouler la boîte sur une surface plane, les roues envoient des signaux qui déplacent le curseur à la distance et dans la direction souhaitées. William English, un collègue d'Engelbart, fabrique un prototype avec un boîtier en bois et un seul bouton en 1963. Les versions ultérieures seront en plastique moulé et les roues remplacées par une bille.

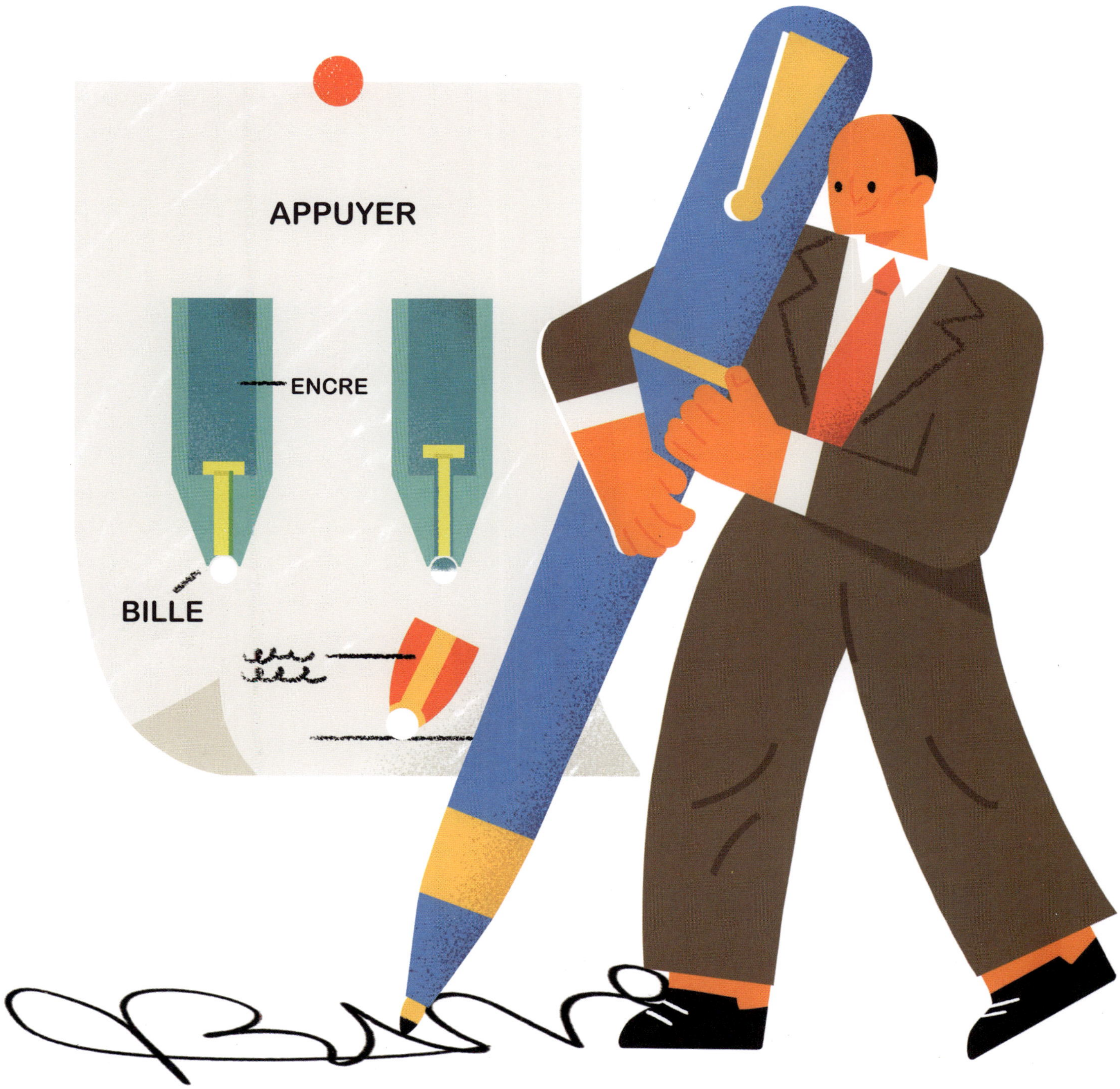


# LE STYLO À BILLE

En 1888, l'Américain John J. Loud fait breveter un stylo à bille, mais n'exploite jamais son invention. Il faut attendre 50 ans pour que le journaliste hongrois László Bíró élabore un stylo doté d'une minuscule bille métallique à son extrémité. Lorsque le stylo glisse sur le papier, la bille tourne et prélève dans la cartouche de l'encre épaisse à séchage rapide. Lors de son lancement, tout le monde s'émerveille de la longévité du stylo et de l'absence de fuites ou de taches d'encre. Bíró cède la licence de son concept à d'autres fabricants, dont le Français Marcel Bich, qui vendra plus de 100 milliards de ses stylos jetables BIC Cristal.

# LE SATELLITE

Lancé dans l'espace en 1957 par un missile modifié, le *Spoutnik 1* de l'Union soviétique fait sensation. Cet engin de la taille d'un ballon de plage, qui a tourné autour de la Terre plus de 1 400 fois, est devenu le premier satellite artificiel du monde. À l'intérieur de la sphère métallique, trois batteries alimentent un émetteur radio qui envoie des signaux constants vers la Terre. Les radioamateurs ont donc pu suivre la progression du *Spoutnik* dans le ciel. Depuis, des milliers d'autres satellites ont effectué une multitude de tâches : photographies de la Terre, cartographie des systèmes météorologiques ou encore relais d'émissions télé ou radio.

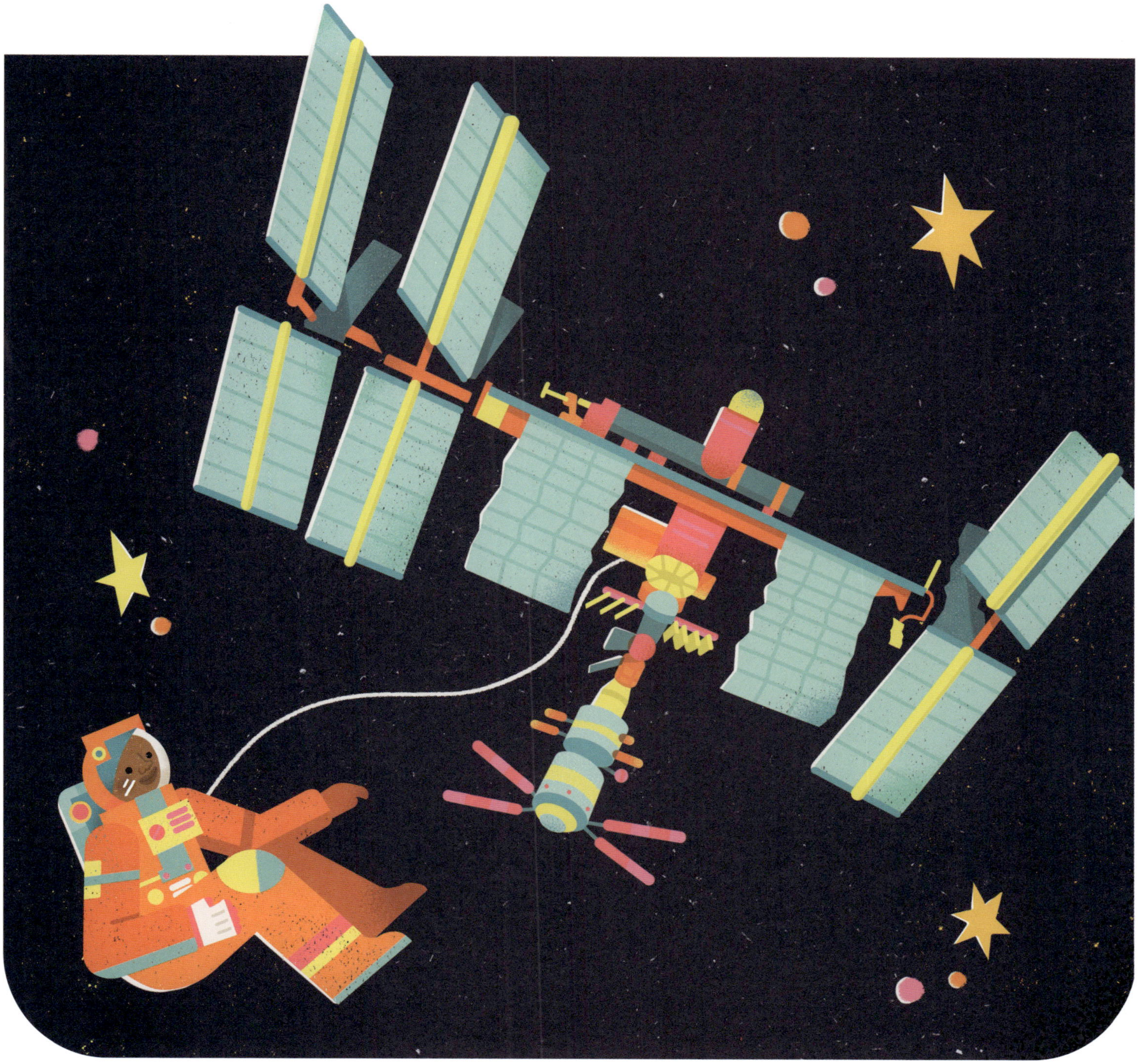

# LA STATION SPATIALE

Jusqu'à l'invention des stations spatiales, un astronaute ne pouvait passer que quelques jours dans l'espace. Une station spatiale, qui orbite autour de la Terre pendant des mois, voire des années, offre un habitat durable. En 1971, l'Union soviétique lance la première des six stations spatiales Saliout. À partir de 1998, la Station spatiale internationale (ISS) est assemblée dans l'espace, module par module. Aussi longue qu'un terrain de football, l'ISS possède autant d'espace habitable qu'une maison de cinq chambres, des équipements sportifs, deux toilettes (mais pas de douche). Elle a déjà accueilli plus de 240 astronautes de 19 pays.

# LE CINÉMA

En 1895, le premier public de cinéma, réuni au Grand Café à Paris, s'émerveille devant une projection de dix films en noir et blanc, chacun d'une durée inférieure à une minute. Ces images animées sont l'œuvre des frères Auguste et Louis Lumière, inventeurs du Cinématographe, qui enregistre 16 photographies par seconde sur de longues bobines de film en celluloïd. L'appareil est ingénieusement doublé d'un projecteur : grâce à une lanterne, les images sont projetées sur un écran afin que de nombreuses personnes puissent les regarder en même temps. Lorsqu'elles s'affichent rapidement, les images donnent l'illusion d'un mouvement réaliste.

# L'ODORAMA

Dans les années 1950, la télévision est en plein essor et les cinémas tentent d'innover pour reconquérir leur public. Hans E. Laube crée alors un système de ventilateurs électriques et de tubes de plusieurs centaines de mètres qui diffusent des odeurs vers le siège de chaque spectateur. Une trentaine d'odeurs, dont celles du pain sortant du four, des embruns, de l'orange et de la rose, sont diffusées à un moment précis de la projection. Un film à gros budget, *Scent of Mystery*, est tourné en 1960 pour présenter l'odorama, ainsi qu'un projet de 100 cinémas odorants. Trop coûteuse, l'invention ne sera finalement pas adoptée.

# LE COURANT ALTERNATIF

L'électricité peut circuler sous forme de courant continu (CC) ou de courant alternatif (CA). En 1882, Thomas Edison crée les premières centrales électriques en courant continu à Londres et à New York, mais l'électricité ne parcourt que de courtes distances. L'ingénieur serbe Nikola Tesla met au point la production et la distribution d'électricité en courant alternatif. Celle-ci peut parcourir de plus longues distances : il faut donc moins de centrales pour alimenter une ville. Tesla et Edison se livreront à la « guerre des courants » dans les années 1880. Le courant alternatif l'emportera et c'est ainsi que l'électricité est distribuée aujourd'hui dans le monde.

# L'ÉOLIENNE

Depuis des siècles, la force du vent sert à actionner les moulins, à moudre du grain ou à pomper de l'eau. Dans les années 1880, deux hommes inventent l'éolienne qui, en alimentant un générateur, produit de l'électricité sans polluer : l'Écossais James Blyth, avec une turbine de 10 mètres de haut qui éclaire sa maison de campagne, et l'Américain Charles Brush qui construit une éolienne à 144 pales. Dans les années 1890, au Danemark, Poul La Cour conçoit des éoliennes à quatre pales pour alimenter en électricité de petits villages. Il existe aujourd'hui des parcs éoliens et cette énergie produit près de 5 % de l'électricité mondiale.

# LE VELCRO®

Après une promenade, l'ingénieur suisse George de Mestral remarque qu'une matière végétale collante adhère à ses vêtements et au pelage de son chien. En observant l'une de ces « barbes » au microscope, il découvre une surface constituée de petits crochets qui s'agrippent aux tissus et aux poils. Après avoir expérimenté divers matériaux, il élabore deux bandes de fixation, l'une pourvue de milliers de petits crochets, l'autre de boucles microscopiques. Le Velcro®, commercialisé en 1955, est utilisé pour attacher ou fermer les vêtements, les sacs et les chaussures. En 1960, plus de 50 millions de mètres sont produits dans l'année.

# LE TRAMPOLINE

En 1930, un spectacle de cirque donne une idée à George Nissen, un gymnaste de 16 ans. Dans le garage de ses parents, il reproduit le filet de sécurité utilisé par les trapézistes en fixant une toile à un cadre en fer avec des chambres à air. À l'université, Nissen améliore le concept avec l'aide de son entraîneur sportif en remplaçant les chambres à air par des ressorts. Le trampoline, commercialisé en 1942, voit naître un nouveau sport et un loisir apprécié. Parmi les autres jeunes inventeurs, citons le Britannique Peter Chilvers, qui a 12 ans lorsqu'il crée la planche à voile, et Frank Epperson, qui invente la sucette glacée à 11 ans !

# LE TÉLÉPHONE

En 1861, l'Allemand Johann Philipp Reis convertit les sons en signaux électriques transmissibles par fil et reconvertis en sons à l'autre extrémité. Il teste son téléphone en prononçant cette phrase : « Le cheval ne mange pas de salade de concombres » ! Néanmoins, il ne développera pas son invention. Dix ans plus tard, Elisha Gray, Antonio Meucci et Alexander Graham Bell se lancent dans une course pour breveter un téléphone pratique. Bell arrive le premier en 1876 et déclenche une bataille juridique qui durera 20 ans. Pendant ce temps, des centaines de milliers de téléphones sont installés et permettent aux gens de se parler instantanément sur de longues distances.

# LES ÉCOUTEURS

Les écouteurs contiennent de petits haut-parleurs. Les signaux électriques provenant d'une source sonore font vibrer le diaphragme du haut-parleur pour créer des ondes sonores. Un modèle encombrant, porté sur une seule oreille, est utilisé par des standardistes dans les années 1880. En 1910, l'Américain Nathaniel Baldwin conçoit un casque confortable à deux haut-parleurs. Il en fabriquera 100 pièces pour la marine américaine sur la table de sa cuisine ! Le premier casque stéréo apparaît en 1958 et le premier casque intra-auriculaire sans fil, le Onkyo W800BT, en 2015. Entre-temps, Amar Bose invente le casque antibruit qui crée un environnement d'écoute immersif.

# LE LAVE-VAISSELLE

Josephine Cochran en a assez d'ébrécher ses belles assiettes en porcelaine en faisant la vaisselle. Cette ménagère américaine conçoit alors des paniers en fil métallique destinés à recevoir son précieux service. Les paniers sont disposés à l'intérieur d'une chaudière en cuivre, sur une roue actionnée à la main ou par un moteur. Lorsque la roue tourne, la vaisselle est nettoyée par des jets d'eau chaude provenant de la chaudière. Après avoir obtenu un brevet en 1886, Cochran crée une entreprise et vend son invention aux restaurants et aux hôtels locaux. L'un des plus grands modèles lavait 240 plats en deux minutes !

# LA TRANCHEUSE À PAIN

En 1912, le joaillier américain Otto Rohwedder construit un prototype de trancheuse à pain. Il passe une annonce dans le journal pour demander aux gens de lui indiquer l'épaisseur idéale d'une tranche et reçoit plus de 30 000 réponses ! En 1917, un incendie d'usine détruit ses plans. Lorsqu'il met au point une version améliorée en 1927, les foyers ont commencé à s'équiper de grille-pain électriques et son invention tombe à pic ! La trancheuse à pain automatique de Rohwedder a des lames d'acier qui coupent des tranches régulières. Au milieu des années 1930, les deux tiers des pains américains sont vendus prétranchés.

# LE PHONOGRAPHE

« Marie avait un petit agneau » sont les mots prononcés en 1877 par Thomas Edison pour présenter le premier appareil d'enregistrement et de reproduction du son au monde : le phonographe. Les ondes sonores qui se déplacent sous forme de vibrations dans l'air font bouger un stylet. Celui-ci grave des empreintes sur une feuille (remplacée plus tard par de la cire) enroulée autour d'un cylindre. Ces empreintes font ensuite vibrer un autre stylet qui restitue les ondes sonores. En 1887, le gramophone d'Emile Berliner enregistre les sons sur des disques plats qui peuvent être reproduits plus facilement et contenir des enregistrements plus longs.

# LE STREAMING

Le streaming permet de recevoir en temps réel un flux continu de musique ou de vidéos sur un réseau informatique. Dans les années 1890, il existait des appareils comme le Telharmonium à New York, qui diffusait de la musique sur les lignes téléphoniques de ses abonnés. Un siècle plus tard, les médias ont envahi Internet. En 1995, une chaîne sportive propose le premier événement de streaming en direct : le commentaire radio d'un match de base-ball. La rapidité d'Internet voit fleurir des sites de partage et de diffusion de vidéos comme YouTube, qui débute en 2005 : aujourd'hui, un milliard d'heures de vidéos sont diffusées et regardées chaque jour sur ce site.

# LE PLASTIQUE

Le plastique est un polymère, c'est-à-dire un matériau constitué de longues chaînes de molécules. En 1907, le chimiste belge Leo Baekeland produit le premier plastique synthétique : la bakélite. Fabriquée à bas coût à partir de goudron de houille, celle-ci est facile à façonner. Isolante et thermorésistante, elle est très utilisée dans l'industrie électrique. Le polystyrène sera mis au point en 1929, le polyéthylène en 1933 et le nylon en 1935. Polyvalents, bon marché et solides, les plastiques se popularisent. Néanmoins, la plupart d'entre eux mettent 450 ans ou plus à se biodégrader, ce qui est devenu un problème avec l'augmentation des déchets plastiques.

# BARBIE®

Dans les années 1950, les poupées représentaient généralement des bébés. Ruth Handler décide de créer un modèle en plastique de 29 centimètres de haut à l'image d'une jeune femme que l'on peut vêtir de différentes tenues à thème. En 1959, au Salon du jouet de New York, elle présente Barbie® en s'inspirant du nom de sa fille, Barbara. Dès la première année, 351 000 poupées sont vendues. Ken, le petit ami de Barbie®, sort en 1961, une Barbie® qui parle en 1968, et des Barbies® hispaniques et afro-américaines en 1980, sans compter les centaines de tenues et d'accessoires. Aujourd'hui, il se vend environ 100 Barbies® chaque minute dans plus de 150 pays.

# LES RAYONS X

En 1895, l'Allemand Wilhelm Conrad Röntgen expérimente des tubes lumineux, lorsqu'il découvre des ondes d'énergie qu'il appelle « rayons X ». Ces ondes puissantes traversent la peau et les parties molles du corps, mais pas les os, ni le métal. Röntgen crée la première image radiographique (radiogramme) de l'intérieur du corps en plaçant la main de son épouse entre les rayons X et une plaque photographique. Dans les hôpitaux du monde entier, des services de radiographie détectent désormais des fractures, des infections pulmonaires et d'autres problèmes grâce aux rayons X qui sauvent ainsi des vies. Ces rayons servent aussi à étudier la structure des matériaux.

# LE PHOTOVOLTAÏQUE

En 1839, Edmond Becquerel a 19 ans lorsqu'il découvre l'effet photovoltaïque : exposés à la lumière du soleil, certains matériaux génèrent un courant électrique. L'Américain Charles Fritts est le premier, en 1883, à construire une cellule photovoltaïque fonctionnelle, mais avec une efficacité de 1 %, et donc 99 % d'énergie perdue. Composés de cellules plus performantes, les premiers panneaux solaires alimenteront des satellites spatiaux à partir de la fin des années 1950. Aujourd'hui, les cellules photovoltaïques affichent un rendement de 20 % ou plus, et produisent environ 3 % de l'électricité mondiale, sans polluer l'environnement.

# L'ESSUIE-GLACE

En voyant les conducteurs de tramway new-yorkais descendre de leur véhicule pour enlever la pluie, la saleté et la neige du pare-brise, Mary Anderson songe qu'il doit y avoir un moyen de les aider. Elle conçoit une lame d'essuie-glace en caoutchouc montée sur un bras en acier : celui-ci se déplace sur le pare-brise grâce à un levier actionné manuellement à l'intérieur du véhicule. Elle dépose un brevet en 1903, mais le succès commercial n'est pas au rendez-vous. Quatorze ans plus tard, une autre Américaine, Charlotte Bridgwood, invente les premiers essuie-glaces électriques automatiques, équipés de rouleaux de nettoyage en guise de balais.

# L'ŒIL-DE-CHAT

En 1934, l'Anglais Percy Shaw résout de façon simple et astucieuse un important problème de sécurité routière. Sur les routes sinueuses dépourvues d'éclairage public, il est difficile pour un automobiliste de se repérer. Afin de réduire le nombre d'accidents, Shaw invente l'« œil-de-chat » : quatre billes de verre placées à l'intérieur d'un dôme en caoutchouc souple doté d'une base en acier. Lorsque ces dômes sont installés à distance régulière au milieu d'une route, les billes de verre réfléchissent les phares des voitures et signalent les bords de la chaussée sans avoir recours à une source d'énergie. Des millions d'exemplaires seront fabriqués.

# LE CODE-BARRES

Un code-barres est une série de lignes parallèles plus ou moins fines qu'une machine, comme un lecteur de caisse, peut scanner et décoder. Ces lignes correspondent à un numéro de code unique qui identifie le produit et permet aux ordinateurs de suivre les ventes, le stock et la livraison. En 1949, alors qu'il trace des lignes dans le sable à Miami Beach, le jeune ingénieur Joe Woodland a l'idée du code-barres. Il faut attendre les progrès de l'informatique et des lasers pour qu'un système fonctionnel soit mis au point par George Laurer en 1974. C'est un paquet de chewing-gum scanné à une caisse qui inaugurera l'ère des codes-barres !

# LE LASER

Un laser est un faisceau de lumière étroit et concentré qui peut parcourir de longues distances sans se disperser. En 1960, l'Américain Theodore H. Maiman utilise un flash pour exciter les atomes d'un cylindre de rubis. Il constate que les atomes produisent un flux d'énergie qui s'échappe du cylindre : la première lumière laser. Depuis, les lasers effectuent toutes sortes de tâches. Certains scannent des codes-barres, lisent des DVD ou agrémentent des spectacles. D'autres lasers puissants découpent des matériaux avec précision. Les lasers médicaux sont utilisés dans les opérations de l'œil et pour la coagulation des vaisseaux sanguins.

# NOTE DE L'AUTEUR

Ouf ! Que de chemin parcouru, des premières charrues aux ordinateurs et aux imprimantes 3D ! J'espère que cela t'a plu de découvrir toutes ces inventions étonnantes, ainsi que leurs remarquables inventeurs.

Je t'avoue qu'il m'a été difficile de sélectionner 100 inventions, car il en existe des centaines d'autres qui ont des histoires tout aussi incroyables. Parmi celles présentées dans cet ouvrage, quelles sont tes préférées ? Lesquelles t'ont le plus surpris ? Selon toi, quelle invention a eu le plus d'impact sur le monde ? Et quelle est celle que tu aurais aimé inventer, ou quel inventeur aurais-tu aimé rencontrer ?

Étant moi-même un peu bricoleur, j'apprécie le fait qu'il n'y ait pas d'âge pour inventer. En fait, tu peux commencer dès maintenant ! Quel problème souhaiterais-tu résoudre ? Comment t'y prendrais-tu pour concevoir et construire ton invention ?

Réfléchis, dessine… et surtout persévère !

*Clive Gifford*

# JEUNES INVENTEURS

Alexander Graham Bell n'a pas seulement inventé le téléphone. Parmi ses autres innovations, citons l'hydroptère (bateau rapide) et l'un des premiers détecteurs de métaux. Sa première invention, à l'âge de 12 ans, est un ensemble de brosses rotatives qui décortiquait les grains de blé. De nombreux inventeurs commencent jeunes. Voici cinq exemples remarquables.

## BLAISE PASCAL

Brillant en maths, cet enfant prodige corrige les comptes de son père avant même son adolescence. Pour aider ce dernier dans son travail de collecteur d'impôts, il invente l'une des premières calculatrices mécaniques en 1642, à l'âge de 18 ans.

## CHESTER GREENWOOD

À 15 ans, l'Américain Chester Greenwood constate que son écharpe ne protège pas ses oreilles du froid. En 1873, il construit un cadre en fil de fer et y fixe des coussinets en peau de castor : c'est le premier cache-oreilles. Greenwood en vendra des centaines de milliers. Il invente également de nouveaux modèles de râteaux, de bougies d'allumage et de lits pliants !

## JOSEPH-ARMAND BOMBARDIER

En 1922, ce Québécois de 15 ans qui aime bricoler monte un moteur de voiture Ford T sur quatre patins en bois en guise de skis. Une hélice actionnée par le moteur fait avancer ce qui deviendra le premier modèle d'autoneige.

## DEEPIKA KURUP

Lors d'un voyage en Inde, cette jeune passionnée de chimie voit des enfants boire de l'eau sale et se jure de faire quelque chose pour y remédier. Deepika va inventer un matériau purifiant : activé par la lumière du soleil, celui-ci élimine les bactéries de l'eau. À 14 ans, elle remporte le prix « America's Top Young Scientist 2012 ».

## RUMAAN MALIK

En 2018, cette Anglaise de 11 ans invente l'Alarm Cup, une corbeille à fruits intelligente qui a pour but de réduire le gaspillage alimentaire. Grâce à un écran tactile, le consommateur est averti qu'il doit manger les fruits avant leur pourrissement.

# CHRONOLOGIE

**Vers 5500 av. J.-C.**
Les premières charrues sont inventées pour creuser la terre et faciliter la plantation des cultures.

**Vers 3500 av. J.-C.**
C'est la date supposée des premiers jeux Olympiques de la Grèce antique.

**2000-1500 av. J.-C.**
Les Égyptiens inventent quantité d'outils, dont les ciseaux, la scie, la serrure et la clé.

**Vers 1200 av. J.-C.**
C'est le début de l'âge du fer : ce métal polyvalent sert à fabriquer des outils et des objets solides.

**Vers 750 av. J.-C.**
Les Assyriens inventent la poulie, un dispositif qui facilite le levage et la traction, et que l'on retrouve plus tard sur la grue et d'autres machines.

**Vers 260 av. J.-C.**
Le penseur grec Archimède découvre le principe du levier. Le levier est l'élément central d'une foule de dispositifs.

**104 apr. J.-C.**
Premiers témoignages de l'invention du papier en Chine.

**231 apr. J.-C.**
La brouette est inventée en Chine.

**Années 1450**
La presse à imprimer à caractères mobiles apparaît en Europe. Grâce à cette invention, les livres et l'information seront diffusés bien plus largement qu'auparavant.

**1609**
Le premier télescope est inventé par des fabricants de lentilles hollandais. Il sera rapidement amélioré par Galilée et d'autres scientifiques européens.

**1656**
Le scientifique hollandais Christiaan Huygens invente l'horloge mécanique, plus précise que les modèles précédents.

**1765**
Les améliorations apportées par James Watt à la machine à vapeur vont généraliser son utilisation dans l'industrie et, plus tard, comme locomotive.

**1783**
Les frères Montgolfier inventent le premier ballon à air chaud capable de transporter des passagers.

**1804**
Richard Trevithick présente la première locomotive à vapeur capable de tirer des wagons sur une ligne de chemin de fer.

**Années 1830**
Le premier système télégraphique est inventé. Pour la première fois, un message peut traverser un câble pour atteindre sa destination, même lointaine, en quelques secondes.

**1847**
Naissance de l'Américain Thomas Edison. Il sera l'un des inventeurs les plus prolifiques au monde, notamment dans les domaines de l'éclairage, de la production d'électricité, de la vision et du son.

**1856**
L'ingénieur anglais Henry Bessemer invente un procédé permettant de fabriquer de l'acier de bonne qualité à moindre coût. L'acier devient l'un des matériaux les plus importants.

**1859**
Le scientifique français Gaston Planté invente la première batterie électrique rechargeable.

**1876**
Nikolaus Otto met au point le moteur à combustion interne : ce modèle servira à développer les moteurs qui alimentent aujourd'hui les voitures, les motos, les bateaux et les avions.

**1876**
Alexander Graham Bell est le premier à breveter un système téléphonique fonctionnel.

**1885**
Carl Benz invente la première voiture alimentée par un moteur à combustion interne.

**1890**
Almon Strowger invente le premier central téléphonique automatique, qui va permettre d'établir plus rapidement les liaisons téléphoniques.

**1903**
Les frères Wright font voler le premier engin plus lourd que l'air et inaugurent ainsi l'ère de l'aviation.

**Années 1930**
De nouvelles matières plastiques sont développées au cours de cette décennie, notamment le néoprène et le nylon.

**1937**
Les premiers moteurs à réaction sont inventés en Allemagne par Hans von Ohain et en Grande-Bretagne par Frank Whittle.

**Années 1940**
Les premiers ordinateurs électroniques numériques ont vu le jour pendant la Seconde Guerre mondiale. Ils remplissaient des pièces entières et effectuaient des calculs mathématiques complexes.

**1947**
Trois ingénieurs américains, John Bardeen, Walter Brattain et William Shockley,

présentent le premier transistor. Ce petit composant électrique va permettre d'innombrables inventions en électronique.

### 1957
L'Union soviétique donne le coup d'envoi de la course à l'espace en lançant Spoutnik, premier satellite artificiel du monde.

### 1960
Le scientifique américain Theodore H. Maiman invente le premier laser fonctionnel.

### 1961
Inventé par George Devol et Joseph Engelberger, le premier robot industriel entre dans une usine automobile américaine.

### 1970
Les premières calculatrices électroniques de poche sont inventées au Japon.

### 1975
L'ingénieur américain Steve Sassor invente le premier appareil photo numérique fonctionnel.

### 1981
Le premier VTT, le Specialized Stumpjumper, est commercialisé.

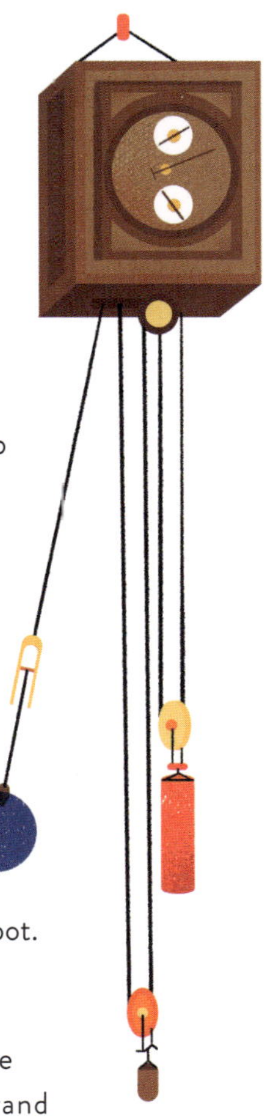

### 1991
Tim Berners-Lee lance le World Wide Web. C'est une révolution dans les domaines des sites web et de l'information en ligne.

### 1998
Le premier module de la Station spatiale internationale est lancé dans l'espace.

### 2002
La société iRobot invente Roomba, le premier aspirateur robot.

### Années 2010
L'impression 3D se démocratise et devient accessible au plus grand nombre, y compris aux inventeurs en herbe.



# GLOSSAIRE

**artificiel** qui est fabriqué par des êtres humains et ne se trouve pas dans la nature.

**automatisé** qualifie une tâche ou un processus exécuté par des machines, presque sans intervention humaine.

**av. J.-C.** placé après une date, signifie que ce moment de l'histoire s'est déroulé avant la naissance de Jésus-Christ. Synonyme de « avant notre ère ».

**brevet** droit accordé par l'État à un inventeur, qui interdit à d'autres de copier l'invention pendant une période déterminée.

**hydrogène** élément chimique le plus léger.

**Internet** réseau mondial de réseaux informatiques grâce auquel les ordinateurs s'échangent des informations.

**molécule** composée d'atomes, c'est la plus petite unité identifiable d'une substance.

**orbiter** se déplacer selon une trajectoire circulaire ou elliptique autour d'un autre corps dans l'espace. La Lune orbite autour de la Terre et la Terre orbite autour du Soleil.

**programmer** fournir à un ordinateur ou à un autre dispositif une série d'instructions codées.

**prototype** conception expérimentale d'une partie ou de la totalité d'une invention, construite en vue de tests.

**Union soviétique** désigne l'Union des républiques socialistes soviétiques (URSS). Cette grande nation a existé de 1922 à 1991, date à laquelle elle s'est divisée entre la Russie et 14 autres pays.

# INDEX



# POUR ALLER PLUS LOIN

## Livres

*C'était comment la vie avant les grandes inventions ?*, Clive Gifford, Kimane, 2020.

*Les animaux, ces inventeurs*, Christiane Dorion, Kimane, 2022.

## Sites Internet

**https://www.histoire-pour-tous.fr/inventions.html**
Un inventaire des inventions dans l'histoire du monde.

**https://www.educatout.com/activites/themes/les-inventions.htm**
Une mine d'activités à faire chez soi pour reproduire les plus grandes inventions.

**https://fr.vikidia.org/wiki/Vikidia:Accueil**
L'encyclopédie en ligne des enfants et ados.